Marcelino Luciano Ramos + Carolina Porto

O ABRAÇO

aletria

1ª edição – Belo Horizonte, 2020

Texto © Copyright 2020, Marcelino Luciano Ramos | Ilustrações © Copyright 2020, Carolina Porto
Todos os direitos reservados. Este livro não pode ser reproduzido, no todo ou em parte, sem prévia autorização da Editora Aletria.

Editora responsável: Rosana de Mont'Alverne Neto
Assistente editorial: Patrícia Franca
Comunicação: Thaíne Belissa
Projeto gráfico: Romero Ronconi

3ª reimpressão: julho de 2023

R175   Ramos, Marcelino Luciano
        O abraço / Marcelino Luciano Ramos; Carolina Porto (Ilustradora)
        Belo Horizonte: Aletria, 2020.
           32 p., il.; 22,5 x 22,5 cm

           ISBN 978-65-86881-35-6

        1. Literatura infantojuvenil. I. Ramos, Marcelino Luciano. II. Porto, Carolina (Ilustradora). III. Título.

                                                                     CDD 028.5

Ficha catalográfica elaborada pela bibliotecária Janaina Ramos – CRB-8/9166
Índice para catálogo sistemático – I. Literatura infantojuvenil

Praça Comendador Negrão de Lima, 30 D – Floresta
CEP 31015 310 – Belo Horizonte – MG | Brasil
Tel: +55 31 3296 7903

aletria.com.br

Para meu filho Pedro,
meu pai Vicente,
minha esposa Deborah
e todos que acreditam no abraço e no afeto
como forma de mudar o mundo.

Na primeira manhã em que a tempestade passou, Pedro acordou e nem ligou para o cheiro de café que vinha da cozinha.

Rápido como o vento, subiu o morro mais alto

e viu os primeiros raios de sol iluminando a cidade.

Abraçou o próprio corpo, queria que toda Vila Rica sentisse aquele afago.

Mas abraçar a cidade era pouco.

Pensou em subir o Pico da Bandeira e abraçar todo o estado, mas era pouco.

Pensou em subir o Pico da Neblina
e abraçar todo o Brasil; ainda era pouco.

O vento soprou frio em suas costas e, num rompante, recordou algo que não fazia desde o início daqueles tempos de isolamento.

Mal acabou de pensar
e já estava na casa do vô Vicente.

Pedro olhou para a face enrugada e sorridente do avô e não disse uma palavra.

O avô também não disse nada,

apenas abriu os braços.

Foi um abraço apertado e tão cheio de carinho,
como há muito nem Pedro, nem o avô, sentiam.

Naquele exato momento, Pedro abraçou o mundo.

Marcelino Xibil Ramos

Sou um proseador e escutador de causos. Na minha infância na pequena São Miguel do Anta (MG), adorava escutar as histórias contadas à beira da fogueira ou no calor gostoso do fogão à lenha. Meus pais eram ótimos contadores de histórias e eu ficava horas a fio ouvindo, fascinado. À noite recontava para meu travesseiro as aventuras ouvidas e vividas durante o dia. Depois passei a me arriscar narrando o que ouvia nas rodas dos adultos. Tornei-me assim um proseador nato: pelas artes dos causos ouvidos desde o berço, como um bom mineiro.

Rodei por caminhos diversos nas artes cênicas, do teatro naturalista ao contemporâneo e à performance. Até que em 2008 um tal "Expresso Minino" passou em Ouro Preto trazendo-me de volta as fogueiras da infância e minha vida nunca mais foi a mesma. Desde então ando pelo mundo a prosear e contar com alegria um pouco dos causos das gentes simples do interior.

Sigo vivendo em Ouro Preto, onde constituí família, desenvolvendo performances cênicas e literárias voltadas ao estímulo dos sentidos e das percepções, puxando o fio da memória e valorizando a ancestralidade. "O Abraço" é meu primeiro livro e foi escrito quando do nascimento de Pedro, meu primeiro filho, no inacreditável 2020, ano em que o mundo parou.

Carol Porto

Sou designer e ilustradora carioca. Tenho amor pelo que faço e esse casamento já dura a vida inteira. Sempre trabalhei na área criativa e a minha vontade de ilustrar e estampar tudo o que vejo pela frente é contagiosa e incurável. :)